VENTE

HOTEL DROUOT, SALLE N° 11

Les Mardi 11 et Mercredi 12 Juin 1901

A 2 H. 1/4

RICHES BIJOUX

Diamants & pierres de couleur

MOBILIER ARTISTIQUE

Ancien et moderne

SCULPTURES, BRONZES, ŒUVRES D'ART

TABLEAUX

Porcelaines et Faïences anciennes

Mᵉ F. LAIR DUBREUIL
COMMISSAIRE-PRISEUR
Successeur de Mᵉ G. DUCHESNE
6, Rue de Hanovre, 6

M. Arthur BLOCHE
EXPERT
près la Cour d'Appel
28, Rue de Châteaudun, 28

EXPOSITION PUBLIQUE

LE LUNDI 10 JUIN 1901

DE 2 H. A 6 H.

CATALOGUE

DE

RICHES BIJOUX

Perles, Diamants et Pierres de couleur

Colliers, Rivière, Broches, Bagues

TRÈS BEAU RANG ET SAUTOIR DE PERLES

MOBILIER ARTISTIQUE

Ancien et Moderne

SCULPTURES — MARBRES — BRONZES DE MAITRES

Porcelaines et Faïences anciennes

TABLEAUX — TAPIS D'ORIENT

DONT LA VENTE AURA LIEU

HOTEL DROUOT, SALLE N° 11

Les MARDI 11 et MERCREDI 12 JUIN 1901, à 2 h. 1/4

M° F. LAIR DUBREUIL
Commissaire-Priseur
Successeur de M° G. DUCHESNE
6 — Rue de Hanovre — 6

M. ARTHUR BLOCHE
Expert
Près la Cour d'Appel
28, Rue de Châteaudun, 28

Chez lesquels on distribue le présent Catalogue

EXPOSITION PUBLIQUE

Le Lundi 10 Juin 1901, de 2 heures à 6 heures

CONDITIONS DE LA VENTE

Elle se fait au comptant.

Les acquéreurs paieront *dix pour cent*, en sus du prix d'adjudication.

L'Exposition mettant les acheteurs à même de juger de l'état des objets catalogués, aucune réclamation ne sera admise aussitôt l'adjudication prononcée, sauf le cas d'erreur matérielle.

Paris. — Imprimerie Artistique Ménard et Chaufour, 8-10, rue Milton.

DÉSIGNATION

BIJOUX

1 — Belle broche avec grosse émeraude cabochon entourée de brillants et pendeloque, poire-émeraude.

2 — Belle broche forme fleurs en brillants, avec gros rubis au centre.

3 — Belle rivière composée de trente-neuf brillants.

4 — Très beau rang de perles avec fermoir rubis.

5 — Rang de perles avec fermoir perle entourée de brillants.

6 — Sautoir en rubis, perles et brillants avec une jolie breloque en rubis et brillants.

7 — Sautoir composé de trois cent vingt perles.

8 — Bague marquise en brillants.

9 — Bague marquise en brillants et rubis.

10 — Bague avec un joli brillant solitaire.

11 — Bague en brillants et perle.

12 — Belle bague émeraude et deux beaux brillants.

13 — Belle broche en perle et brillants.

14 — Collier de chien en perles avec plaques en diamants.

15 — Joli collier en brillants avec deux pendeloques perles.

16 — Joli collier tout en brillants et roses, dessin à ornements Renaissance et chatons en chûtes.

17 — Bague en or enrichie d'un joli rubis d'Orient, entouré de brillants.

18 — Paire de boutons d'oreilles, brillants solitaires.

19 — Paire de boucles d'oreilles perles entourées de brillants.

20 — Bracelet en brillants et pierres de couleur.

21 — Bague en perles et brillants.

22 — Broche en perle et brillants.

23 — Broche enrichie de diamants.

24 — Bague émeraude et diamants.

25 — Bracelet en brillants.

ARGENTERIE OBJETS DE VITRINE

26 — Truelle à poisson, couteau à fromage. Cuiller

en argent avec manche d'ivoir .

27 à 29 — Cafetière, sucrier et pot à lait en argent.
Style Louis XV.

30 — Moutardier en argent.

31 — Souvenir en nacre. Epoque Louis XVI.

32 — Miniature, portrait de femme. Epoque Empire. Cadre nacre.

33 — Médaillon à double face avec miniatures.
Portrait de femme et sujet.

34 — Croix maçonnique argent et pierreries.

35 -- Croix en émail.

36 — Boîte argent et nacre.

37 — Plat en argent.

38 — Douze couteaux de table à manches d'argent.

39 — Douze couteaux à dessert à manches d'argent.

40 — Deux verres à liqueur en argent.

41 — Une cuiller.

42 — Trois cuillers à café variées en argent.

43 — Groupe en ivoire : Croix entre deux anges. Epoque Louis XIV.

44 — Miniature sur ivoire : Jeune femme en toilette décolletée. Epoque Louis XVI.

45 — Miniature sur ivoire : Jeune femme. Epoque Louis XVI, corsage rose décolleté.

46 — Miniature sur ivoire : Portrait de jeune femme coiffée d'un chapeau, d'après HALL.

47 — Miniature ovale sur ivoire : Au moins soyez discret, d'après BAUDOIN.

48 — Miniature ronde sur ivoire : Madame Elisabeth.

49 — Miniature carrée sur ivoire : Mademoiselle de Lambesck.

MEUBLES

50 — Très belle chambre à coucher en noyer sculpté et ciré, composée d'un lit de milieu, d'une armoire ouvrant à deux portes, ornées de glaces et d'une table de nuit à dessus de marbre. Travail de style Louis XVI, ae la maison Mercier frères.

51 — Buffet de salle à manger en chêne sculpté.

52 — Canapé, deux fauteuils et deux chaises bois laqué blanc, foncés de canne, avec coussins en velours frappé vert.

53 — Deux escabeaux en chêne sculpté.

54 — Glace avec cadre en bois peint blanc.

55 — Ameublement de salon Ier Empire en bois sculpté, composé d'un canapé, quatre fauteuils et deux chaises couvert en soierie.

56 — Console en bois sculpté peint blanc, rehaussé de dorure.

57 — Piano en palissandre.

58 — Tabouret de piano en bois laqué blanc, couvert en soierie cerise. Style Louis XVI.

59 — Tabouret de piano en palissandre, couvert en tapisserie.

60 — Glace ovale Louis XVI, cadre doré.

61 — Six chaises Louis XVI en bois laqué blanc, couvert en soierie cerise.

62 — Table à jeu en acajou.

63-64 — Deux grands fauteuils couverts en cuir.

65 — Meuble d'entre-deux en bois de rose, garni de bronzes dorés, dessus en marbre blanc.

66 — Deux glaces ovales Louis XVI en bois de rose, ornées de bronzes dorés.

67 — Table coiffeuse en acajou ornée d'une glace, dessus en marbre.

68 — Glace avec cadre en bois sculpté et doré.

69 — Meuble d'antichambre en bambou, composé d'un canapé et de deux fauteuils.

70 — Porte-parapluies en bambou orné d'une glace.

71 — Banquette en bois sculpté.

72 — Neuf chaises de salle à manger en noyer, couvertes en panne bleue.

73 — Table carrée à quatre allonges.

74 — Cheminée en noyer sculpté.

75 — Casier à musique en bois sculpté.

76 — Lit en pitchpin.

77 — Toilette, dessus de marbre.

78 — Vaissellier en bois sculpté, portes ornées de marqueterie de bois. Epoque Louis XVI.

79 — Bureau ouvrant à dos d'âne en bois sculpté. Epoque Louis XVI.

80 — Commode en bois marqueté. Epoque Louis XVI.

81 — Fauteuil en bois sculpté. Epoque Louis XVI.

82 — Horloge en bois sculpté, cadran en cuivre. Epoque Louis XVI.

83 — Table de nuit en noyer, ouvrant à coulisse. Epoque Louis XVI.

84 — Bureau de dame en acajou, galerie en cuivre. Epoque Louis XVI.

85 — Table de nuit acajou avec galerie cuivre. Epoque Louis XVI.

86 — Table Louis XIII, pieds tournés à croisillon et faisceau.

87 et 88 — Deux fauteuils en bois sculpté dessus feuillagé et têtes de lions garnis en velours rouge ciselé.

89 — Meuble crédence en bois sculpté de style gothique.

90 — Commode en marqueterie de bois de rose et palissandre ornée de bronzes. Epoque Louis XV, dessus en marbre.

91 — Fausse cheminée en peluche rouge avec bandeau et montants en ancienne broderie au passé sur fond de satin bleu ciel.

92-93 — Deux supports en noyer ciré et sculpté, formés chacun par trois cariatides d'enfants se terminant par des pieds à griffes.

94 — Cheminée en bois sculpté, décorée en relief de rinceaux et de guirlandes de fleurs.

95 — Chaise longue en bois sculpté laqué blanc, d'époque Louis XVI, avec coussin en velours bleu.

96 — Deux chaises en bois sculpté Louis XIV, garnies en velours de Gênes.

97 — Petit fauteuil en bois sculpté de style Louis XV, couvert en ancienne soie brochée à bouquets de fleurs et rubans sur fond bleu ciel.

98 — Petite table Louis XV à trois tiroirs en acajou à moulures de cuivre.

99 — Console Louis XIV en chêne sculpté, dessus en marbre.

100 — Table Louis XV en bois sculpté et doré, dessus en marbre blanc.

101 — Guéridon en bois sculpté et doré, dessus en marbre de couleur. Style Louis XVI.

102 — Quatre chaiseslégères en bois doré recouvertes en soierie.

103-104 — Deux bergères en bois sculpté et laqué gris, recouvertes en étoffe fond gris-bleu. Style Louis XVI.

105 — Banquette recouverte en soierie. Style Louis XVI.

106 — Paravent à trois feuilles avec gravures dans le haut. Style Louis XVI.

OBJETS D'ART

107 — Tasse et soucoupe en ancienne porcelaine de Saxe, décor: Combat de cavaliers, d'après CASANOVA.

108 — Bol en ancienne porcelaine de Vienne, décor polychrome.

109 — Plat ovale et feuille en ancienne porcelaine d'Amstel, décor d'oiseaux.

110 — Pot à crème en vieux Mennecy pâte tendre, décor à fleurs.

111 — Jardinière en tôle décorée et ornée de fleurs en porcelaine de Saxe. Epoque Louis XV.

112 — Petite corbeille ajourée en ancienne porcelaine pâte tendre décorée de fleurs.

113 — Fixé représentant une fête flamande, d'après TÉNIERS. Epoque Louis XVI.

114 — Miniature : portrait d'homme. Epoque Louis XV.

115 — Deux candélabres en bronze doré à rocailles, à sept lumières.

116 — Paire d'appliques à quatre bougies, en bronze orné de cristaux.

117 — Quatre lampes en bronze.

118 — Lanterne d'antichambre au gaz.

119 — Tube porte-parapluies en porcelaine décorée.

120 — Deux lampes d'applique disposées pour le gaz.

121 — Lampe juive en cuivre à gaz.

122 — Lustre en bronze à vingt-quatre lumières.

123 — Grande pendule en bronze ciselé et doré, dite aux Bacchantes, cadran signé LEROLLE.

124 — Statuette en terre cuite : la Danse, de CARPEAUX.

125 — Deux statuettes en composition.

126 — Deux candélabres en bronze argenté à sept lumières, style Louis XV.

127 — Devant de feu en bronze.

128 — Buste en terre cuite.

129 — Statuette en terre cuite : l'Été, de CARRIER-BELLEUSE.

130 — Statuette en bronze : Liseuse, d'après MATHURIN MOREAU.

131 — Paire de flambeaux, en bronze argenté, époque Louis XVI.

132 — Tigre marchant, bronze de BARYE, patine
verte.

133 — Deux flambeaux Louis XVI, bronze argenté.

135 — Bronze de FRATIN : chien.

136 — Bronze de FRATIN : chèvre.

137 — Bronze de FRATIN : Cerf.

138 — Garniture de trois pièces en ancienne faïence
de Delft à décor bleu.

139 — Soupière avec couvercle, en ancienne porce-
celaine de Chantilly, décor de haies, animaux
et fruits.

140 — Boîte en porcelaine de Saxe, décor à fleurs.

141 — Petit pot à couvercle en vieux Chine, décor à
fleurs.

142 — Vase en porcelaine de Sèvres, fond vert à
filets dorés, sur socle en bronze doré.

143 — Grand vase à deux anses, en céramique jaune
à côtes tournantes.

144 — Vasque en faïence de Vallauris, fond bleu à
ornements.

145 — Soupière avec couvercle, en ancienne faïence
blanche, décor à cartels de fleurs en relief.

146 — Coq en faïence blanche, sur socle en bronze.

147 — Cinq pièces : plats et assiettes en porcelaine de Chine et du Japon, décor polychrôme.

148 à 157 — Vingt-quatre pièces : plats et assiettes, en porcelaine à décors variés.

158 — Plat et quatre assiettes en porcelaine de Saxe et de Paris.

159 — Six assiettes en ancienne faïence de Moustiers, à décors variés.

160 — Plat en faïence de Moustiers, à bords contournés, décor à fleurs en bleu.

161 — Plat en faïence de Rouen, décorée au centre d'une corbeille fleurie en bleu.

162 — Plat en faïence de Moustiers, décor à écusson et trophée de drapeaux.

163 — Pichet en vieux Rouen, décor polychrome.

164 — Vase en vieux Chine, monture bronze.

165 — Sucrier, vieux Chine.

166 — Tasse avec soucoupe, en ancienne porcelaine de Chantilly, décor chinois.

167 — Encrier en porcelaine décorée.

168 — Feuille trilobée, en ancienne faïence de Moustiers et autres pièces.

169 — Cinq pièces casques et shako Louis-Philippe et second Empire.

170 -- Deux épées et six sabres variés.

171 — Fût de tambour du régiment de Bretagne.
Epoque Louis XIV.

172 — Petite pendule en bronze Louis XVI, formée
par une figurine d'amour supportant le mouve-
ment.

173 — Paire de bras d'appliques à trois lumières,
formés par des cariatides de femmes en bronze
ciselé et doré.

174 — Buste de Mme de Lamballe, en bronze patine
foncée.

175 — Petit groupe en bronze de CLODION : Bacchante
portée par un faune.

176 — Groupe en bronze : Le Myosotis de MATHURIN
MOREAU.

177 — Paire de bouts de table Louis XVI, formés
par deux figurines d'enfants, socles en marbre.

178 — Buste de Bonaparte en bronze, socle en marbre
de Sienne.

179 — Figurine d'homme en ancienne porcelaine de
Saxe.

180 — Coupe en porcelaine de Chantilly, décor dans
le goût chinois.

181 — Deux petits pots avec couvercles enp orcelaine
de Mennecy.

182 — Tasse et soucoupe en porcelaine de Mennecy, décor à fleur.

183 — Petit hibou en ancienne porcelaine de Saxe.

184 — Statuette en bronze représentant Voltaire assis.

185 — Buste en marbre: Diane, d'après HOUDON.

186 — Statuette en marbre: le Printemps.

187 — Buste de femme drapée en marbre.

188 — Buste en marbre : Femme grecque.

189 — Lustre à six lumières en bronze ciselé et doré. Epoque Ier Empire.

190 — Vase en stuc forme balustre, de style Louis XVI.

191 — Garniture de cheminée en marbre blanc et bronzes dorés, composée d'une pendule forme lyre avec cadran à entourage de strass et de deux candélabres à figures d'enfants. Style Louis XVI.

192 — Deux bustes en terre cuite : Coup de vent, signés MARIO ARTHUR.

193 — Buste de femme de l'époque Louis XV en marbre.

194 — Grand groupe en porcelaine de Saxe représentant un traîneau avec personnages tiré par deux chevaux.

195 — Groupe en porcelaine représentant deux personnages dans un carosse traînés par deux chevaux et conduits par des laquais.

196 et 197 — Quatre flambeaux Ier Empire, en métal
anglais argenté.

198 — Service à café en porcelaine de Paris à filets
dorés, sur plateau en tole peint.

199 à 204 — Quarante-sept assiettes et plats en faïence
de Strasbourg, Nevers, etc.

205 — Cafetière en porcelaine de Paris, paysages sur
fond d'or,

206 à 210 — Trente pièces en porcelaine et faience :
pichets, sucriers, salières pots à crème, etc.

211 — Corbeille ajourée en faïence de Strasbourg,
décor à fleurs.

212 — Corbeille sur pied en faïence blanche.

213 — Deux vases en porcelaine de Paris, fond lie de
vin à réserves de fleurs.

214 — Deux cache-pots analogues.

215 — Deux vases sur socles en même porcelaine.

216 — Deux petites corbeilles en porcelaine dorée
de Paris.

217 — Petit groupe en biscuit : Enfant à la chèvre.

218 — Deux bassinoires en cuivre rouge et cuivre jaune. xviiie siècle.

219 — Deux peintures sur verre : La jeune Anglaise et la jeune Hollandaise.

220 — Cadre en bois sculpté renfermant une statuette habillée en cire représentant Saint Louis, roi de France. xviie siècle.

221 — Deux peintures sur verre : Chinoises; cadres en bois doré.

TABLEAUX

BALLUE (E.)

222 — *Paysage.*

BAUDIN

223 — *Marine.* Etude.

BELLI

224 — *Buveurs.*

225 — *Tête de jeune femme.*

BISTAGNE

226 — *Soleil couchant.* Marine.

CASTANO

227 — *Jeune Mauresque.*

CAUCHOIS

228 — *Fleurs.*

COURBET (Attribué à)

229 — *Paysage.*

DECAMPS (Attribué à)

230 — *Etude d'homme.*

DREUX (Alfred de)

231 — *Amazone.*

Aquarelle.

DETAILLE (Edouard)

232 — *Le Vieil hussard.*

Dessin à la plume.
Signé à gauche.

GARRIDO

233 — *Tête d'étude.*

GUDIN (H.)

234 — *Effet de lune. (Marine).*

GUILLEMET

235 — *Vue de Moret.*

JACQUE (Genre de

236 — *Paysage.*

LECOQ (G.)

237 — *Paysage d'hiver.*

LEFRANÇOIS

238 — *Tête de femme.*

LEUSEN (Van)

239 — *Soldat à la jambe de bois.*

LINGUET

240 — *Paysage.* (Étude).

LIONEL (Royer)

241 — *Paysage.* (Étude).

MERCEY (de)

242 — *Vue d'Italie.*

MERLOT

243 — *Paysage.* (Étude).

OLIVE

244 — *Marine.*

PANINI

245 — *Cour de palais animé de nombreux personnages.*

PERRAY

246 — *Paysage* (Étude).

RADIMSKY (Y.)

247 — *Un Arbre,* (Paysage).

248 — *Le Cours d'eau.*

249 — *La Mare.* (Paysage).

RIBOT (d'après)

250 — *Cuisinier* Etude.

ROBLE (J.)

251 — *Jeune Espagnole.*

STEVENS (genre de)

252 — *Marine.*

TANNOUX

253 — *Marine.*

TROUILLEBERT

254 — *Paysage.*

TROUILLEBERT (attribué à)

255 — *Paysage.*

VALDER

256 — *Paysanne coupant des herbes.*

VAN LOO (attribué à)

257 — *Portrait d'un Maréchal de France·*

WOUWERMAS (P)

258 — *Le Départ pour la chasse.*

YVON (Edmond)

259 — *Bords de rivière.*

ECOLE FLAMANDE

260 — *Paysage montagneux.*

Peinture sur cuivre.

ECOLE FRANÇAISE

261 — *Portrait de femme avec fleurs au corsage.*
Cadre en bois sculpté.

ECOLE FRANÇAISE

262 — *Portrait de femme en robe bleue, parée de joyaux et drapée dans un manteau en velours rouge.*

263 — *Portrait de femme du Ier Empire.*

ECOLE FRANÇAISE XVIIIᵉ SIÈCLE

264 — *La Leçon de guitare.*

265 — *La Mort d'Adonis.*

FREUDEBERG (D'après)

266 — *Le Lever.*
Gravure, épreuve ancienne par ROMANET.

ECOLE MODERNE

267 — *Paysage.*

268-269 — Deux gravures, dont une ancienne, avec cadres vieux chêne sculpté.

270 — Gravure : *Remise des clefs de Paris à Louis XVIII.* Cadre vieux chêne sculpté.

TAPIS D'ORIENT, TENTURES

271 à 291 — Vingt-six tapis anciens de Perse, décors variés.

292 — Grande carpette d'Orient.

293 — Carpette du Turkestan.

294 — Tapis à dessins variés en haute laine.

295 — Petit panneau en ancienne tapisserie à personnages.

296 — Tenture de chambre à coucher en étoffe de fantaisie.

297 — Deux cantonnières en panne bleue.

298 — Deux décors de fenêtre, un décor de baie et dessus de cheminée en peluche bleue avec applications d'or.

299 — Quatre tapis cloués.

300 — Tenture de chambre à coucher composée d'un ciel de lit avec rideaux et fond et deux décors de fenêtre avec bandeaux.

301 — Objets omis.